赤い潮《うしお》

田中美千代

七月堂

赤い潮《うしお》　目次

Ⅰ
トルストイの梨　8
授業中　12
シルエット　16
夕日　20
カバン　22
結界　26
蜥蜴　28
秘密　32
闘いの果て　34
Ⅱ
ブランコは揺れて　38
喧嘩　40
教官　42
スジ君　46

断念　50
鳩　52
動物病院　56
夕暮れ　58
赤い潮《うしお》　60

Ⅲ

夏水仙　66
その日　70
水先案内人　74
油断　76
朝霧　78
鳥が鳴いている　82
日傘　84

あとがき　86

詩集

赤い潮《うしお》

I

トルストイの梨

残暑の日差しを浴びて
これから歩いて十五分ほどかかる図書館へ
講演を聴きにいくというのに
大きさと安値に魅せられて
駅前の路上で売られていた
梨十個を買ってしまった
歩けばすぐに
汗が噴き出てきた

ああ
いつもこうして
途方に暮れるのだ
ゆきずりに引き寄せたものが
重たくて
引きずり
引きずられ
指が千切れそうなのに
投げだせなくて
立ち止まっては
のろのろ進む
うつむいて梨を睨むと
――あんたって馬鹿ねえ
梨が見上げて

満足そうにいった

あのときの
トルストイについての講演は
いまはもう
何も覚えていない

授業中

黒板に和子先生が書いた
To love is to believe
To believe is to love
「私は　To believe is to love　だと思います。」
新婚の和子先生は初枝先生と
職員室でやり合ったのだという
どっちかなと思う間もなく
和子先生の赤い唇がかすみ

うつむいたとたん
いきなり指された
授業は始まっていたのだ
質問がわからないのに
立ち上がり
えいっとばかり答えると
「その答、あなた、勘違いしたのよね、
　そうでしょ？」
私をとっさにかばいながら
和子先生があとずさりした
とんでもない答だったらしい

あれからずっと考えている
love が先か

believe が先か
「私の質問は違いますよ」
和子先生の声が
追いかけてくる

シルエット

——あれは富士山よ
友の言葉に心が弾んだ
ビルと電信柱の
僅かな隙間に広がる
夕焼けの空に
遠く　小さな小さな
富士山のシルエット
目にするたび

思わずささやかに祈った

いつもより鮮やかなシルエットの夕暮れ
電線から一羽の鳩が舞い降りて
首を伸ばして心配そうにささやいた
――あれは民家の屋根ですよ

鳩のささやきは本当だった
信じて祈っていたときの幸せは
確かなことだけど
疑わない素直さは罪である

いっきにすべてが疑わしくなって
鳩をみると

丸い目をそらせ　ククルルッと鳴いて
茜色の中に帰っていった

本当に鳩だったのだろうか

夕日

父は私をあぐらの中に入れ
絵本を読んでくれたらしい
父が亡くなる直前
病院から
まだ字も読めない私宛に書いた
一枚の葉書を
母は私に残さず
処分してこの世を去った

刻印されているはずの
父のネガを感じたくても
何もわからない
手の小さいこと？
髪の天然ウェーブ？
キライなことへの激しさ？

逢っていたのに
記憶とならなかった遠い日が
地平線の向こうに
赤く落ちていく

カバン

明るい挨拶を残して
夫は会社に出かけた
駅に着くころ
電話が鳴った
「僕のカバン、
玄関か部屋にあるかな?」
カバンは部屋の壁に寄りかかっていた

ただ一度

戻ることのできない道を行くときも
大事なカバンをすっかり忘れて
身ひとつで
こんなふうに出かけたい
かなうことなら
花の咲き乱れる駅にたどり着いたとき
電話をかける
「カバン、あるわよ
　届けようか」
最後に聞く娘の声だ
「いい、このまま行っちゃう。」

そのあと
私は小さな女の子になって

子どもたちが窓から手を振る
赤い電車に向かって
駈けだしていくだろう

結界

布団に寝かせられたゆかりさんは
細かった体が
ぱんぱんに膨らんでいて
顔の輪郭　鼻も口も頬も閉じた目の形にも
面影は微塵もなかった
家族にはゆかりさんでも
私にゆかりさんは
どこにもいなかった

意識が無くなっても
最期まで点滴をしたのだという
――お相撲さんのようになってしまったけど
　最後まで頑張ってくれました

家で知らせを受けたときから泣いていたが
いつの間にか収まっていた

ゆかりさんは
自分とわかる外形をすべて失くして
結界の向こうの世界を
私に教えていた

蜥蜴

蜥蜴が庭石の上で動かない

赤まんまをたくさん摘んで
走って家に帰ると
母が無言で私を抱き上げ
いきなり押し入れに閉じ込めた
訳のわからないまま
暗闇が怖くて泣き叫んだ
――ごめんなさい　ごめんなさい

そのあとの記憶がぷっつりとない

半世紀が過ぎて母に尋ねた
――あのとき私はどんな悪さをしたの
――ああ、あのときね
忘れた、ともいわず
それきり答えなかった

蜥蜴が尻尾を残して走り去った

この世のわからなさに
打たれるとき
閉じられた言葉を求めて
押し入れの襖の向こうに

私は流れていく
知りたくない言葉が
待っているかも知れないのに

秘密

薄く開いた目と唇が閉じられ
母は花の中に埋まった

母にしかわからない
ほんとうのこと
いつわりのこと
ひとつ残らず花の下に隠して
母は扉の向こう側へ消えた

見送る私たちは
言葉をもぎ取られたように
押し黙って
目の裏を赤く焼いた

扉が開けられ
最後の儀式が始まると
ほんとうのことから
自由になった死者のよろこびが
慰めるように
熱く私たちを包んだ

闘いの果て

通りかかった空き地の草むらで
二羽のカラスに挟まれた蛇が
鎌首をもたげている
飢えたカラスに
弱った蛇が狙われたのか

帰り道
草むらには闘いの果ての
跡形もなかった

飢えはしのげたか　カラスよ
なんとか逃げおおせたか　蛇よ
決着を
知らないでいることの安らぎが
足元から昇ってきた

答えを求めて
長い間胸を塞いできた
あのことも　このことも
そのまま草陰に置いた

かすかに虫の音がきこえる

Ⅱ

ブランコは揺れて

小さな公園で
中学校の制服を着た男子が二人
大声で笑い合いながら
ブランコを漕いでいる

誰かを守って生きていこうなんて
きっと思ってもいない日々
屈託のなさは
青空に響いて私を打つ

野良猫がのったりと歩いてくる
生まれた意味など
思わなくてもいいかのように

無為の喜びの中にいたと
彼らが気づくのは
まだずっと先のこと

すでに濃い影を連れて
ブランコは揺れて

喧嘩

路上で酔っ払いが喧嘩をしてる
——近寄るなってんだ
　うそつき野郎め
——なんだと！
　このでたらめが
あとは　うおーうおー　としか
聞こえてこない
本を読みすぎて

寝はぐれた私の耳に

うそつきと
でたらめが
本気をだして
いいなあ
少しずつ遠ざかっていく熱い声の塊

教官

「ハンドルはほんの少し動かすだけでいいから」
自動車教習所の教官がいった
初めてハンドルに触る日。
その言葉は
いまも私を落ちつかせる

「ブレーキを踏むのが早過ぎる」
実際、私は自分にブレーキをかけ続けていた
ブレーキから足を離せば

壊れる自分がわかるのだ

「こんな土砂降りの日によく来たな」
高速実習の予約がようやく取れた日
日頃、「俺を殺す気か」と怒鳴っていた教官が
途中の休憩時に缶コーヒーをくれた
雨の高速を怖がらない無知な生徒に
彼はいよいよ自分の命をかけたに違いなかった

「いいか　最後に一度だけ急ブレーキの練習だ」
仮免許の試験日
首尾よく運転を終えた後のことだった
運転を代わって教官がして見せてくれたように
死ぬ気でブレーキを強く踏み込んだ

ダンッという大きな音とともに
恐怖が自信に変わった

もう必要以上に
自分にブレーキをかけなくても
私は壊れない
車を定位置に戻すと
教官が初めて「おつかれさん」といった

スジ君

図書館の貸出しカウンターで
背の高い年配の男が
受付の女性に大声を出している
——あんたにいってるんだ　あんたに
　それがスジっていうもんだろう
スジスジと連呼されて
スジ君も大変だなあ
急に人目にさらされて
ご主人様のそばで

身を細くして立っている
こうなったらスジ君はそこで
とにかく立ち続けなければならない
疲れても背筋をピーンと伸ばして
私は正しいのですという顔を崩さないで

奥から緑のエプロンをつけた男の人が二人
恐る恐る出てきた
スジ君はご主人様以外の人には
ほとんど役に立たないのだから
どうなるのかなあ
スジ君

ダンボになっていた耳を閉じて外へ出ると

突風が、なにいってんの、とばかりに
私のサンバイザーを
吹き飛ばした

断念

鳩の卵は孵らなかった
ベランダにかけた巣の中に卵を置いて
鳩はいつの間にか姿を消した
孵らないと悟り
飛び立つときの鳩の
残していく巣と卵への鮮やかな断念

ベランダに出て

卵を手のひらにのせ
この世に
生まれなくてもいい
やすらぎだってあるのよ、と
いい聞かせ
空を見せてあげた

鳩

駅のホームで
男の子が一羽の鳩を
執拗に追い回している
足で蹴るしぐさを繰り返しながら
薄笑いを浮かべて。
淡紅色の足をした小振りの鳩は
ホームの淵へ追い詰められ
飛ぶ間もなく下へ落ちた
すぐに電車がすべりこんできた

逃げまどう鳩の姿を面白がる
薄笑いの意味を
男の子はまだ知らない
異常なほど追い込み
鳩が自らホーム下へ消えることで
成就する快感。
人に弾かれて
我に返った私は
車体から離れた

電車が走り去り
気が抜けたようにベンチに座ると
人影のまばらになったホームに

鳩がヒョイと上がってきた
追われても　追われても
戻ってきた鳩は
光を背負って
きれいな足でこちらへ向かって歩いてきた

動物病院

動物病院の待合室にあずき色をした洋犬が入ってきた。迷い犬らしく、保護した男は綱を引きながら受付で、自分の犬が耳を噛んでしまったので治療にきた、という。先生の知っている犬ならいいんだけど、とも言い添えた。
受付に出てきた獣医は一目見て、助手の人に、
睾丸、一つかな
といって奥に入っていった。犬の腹の下を覗き込んでいた男が
あ、一つだ

と、大きな声を出した。

ほどなく背の高い母娘らしい女性が二人、引き取りにきた。

私は連れていた飼い犬や隣の人が膝に乗せているケージの中の猫にまで話しかけたくなった。

欠けていることで運ばれてきた幸運について。しあわせの法則について。

夕暮れ

あの人は
太宰治が嫌いだといった
立原道造は
ドストエフスキーが好きではなかった
私は太宰治もドストエフスキーも好きだけど
あの人も立原道造も好きだ
糸がからまり始めるのは
こんなとき

光と影が混じりあう
夕暮れの中に
育まれるかたちはあるのかと
少しずつ濃くなる闇に
聞いてみる
目を凝らして
みつめる

赤い潮《うしお》

映画の終わり近く
いきなり涙が溢れた
館内が明るくなり
人が帰り始めても
泣き止む気配のない自分を
おかしい、と
しきりに思うのだが
席から立ち上がれない
友人二人に手を取られ

やっとの思いで腰を浮かせたとき
ショーツの中に
なま温かいものが流れた

トイレにかけ込むと
予期せぬ訪問者が
スカートの裏地まで真っ赤に染め上げて
悪びれない様子で見つめ返してきた
（あなたは狂っても毅然として美しいのね）
内腿にこぼれた一筋をぬぐうと
軽いめまいがした

私の全身を絞り上げるように泣く水と
悦びと淋しさの波を連れてくる赤い潮《うしお》が

知らないところで
深く結び合い
私を揺らしている

たなかさーん　だいじょうぶ?
ドアの向こうから
遠い声がする
裏返って身動きできない私を
呼んでいる

Ⅲ

夏水仙

——こんどはこの花よ

節子さんは、たくさんの小ぶりの百合の花をつけてスクッと伸びた茎の束を差し出した。庭に珍しい花が咲くと、いつも持ってきてくれる。

——百合に似ているけど
夏水仙というの
花首に何かが触れると
すぐにポキッと折れてしまうのよ

ユリ科ではなくヒガンバナ科だという。そういわれてみると、繊細で長い雄蕊は、百合よりも彼岸花に近い。だが、花は一見、百合と見間違うように、筒形にすぼめた姿である。

——春、水仙に似た葉が出るけど
花が咲くころになると枯れてしまって
彼岸花のように長い茎と花だけになるの

節子さんが帰ったあと花瓶に活けるとき、絡まりそうな花と花を少し離そうとして、うっかり花首にさわってしまった。本当にあっけなく花首が落ちた。枯れていないのに椿より潔く、自らの首をこんなにも急いで落とすのは、花芯に触れるものを拒め、という内奥からの指令だろうか。これ以上、姿を複雑に変えたくない、という花の最後の願いなのか。

落ちた花首を手にして
鮮やかな折れ口を指でさわると

私への指令もすでに下されている、と
指先が迷わず伝えてきた
花首はひとつ
拒むものを確かめる

その日

突然、地面が突き上がった
電線が激しく波打ち
膝が崩れ落ち
道端に立っていた低い石柱に
しがみつく

「たなかさーん」
畑の向こうから
門を飛び出て

地面にペタンと座った友の声
両手を頭上で振っている
石柱から片手を必死に剥がして
私も振り返した

大きな揺れが鎮まり
来た道を引き返していると
また揺れ始めた
道の真ん中で
女性ばかり五、六人が
肩を組み円陣を張っている
裸足の人もいる
咄嗟にみんなで身を一つにして
押し寄せる恐怖から

逃れようとしているのか

部屋は崩れた本の山
窓を開けると
漂っていた言霊が
いっせいに流れ出ていった
どこへいくのだろう

詩はいらない
「海はなんも悪くねえ」
妻と子と船を失くし
目を潤ませる漁師の言葉こそ
ここに

二〇一一年三月十一日東日本大震災発生

水先案内人

軽乗用車が車道から
細いあぜ道に曲がってすぐ
そのまま田んぼに突っ込んでいる
若い男女が車から降りてきた
「だって、ナビがこっちだっていったもん」
「いってねえよ」
にっちもさっちもいかなくなった車は
無表情で傾いている

水先案内人は
つねに自信に溢れているから
迷うことなく水の張った泥田の中へ
力強く誘導していたことだろう
――まもなく目的地周辺です
そこで声はプツンと切れる

放り出されても
ここがどうして目的地なのか、と
二人とも車に文句はいわない
茫然とみつめるばかり
何がいけなかったのかねえ、というように
蛙が鳴き始めた

油断

それは全くの油断だった

十歳頃のことだ。

畳に寝転んだ勢いで、髪に差していたヘアピンで耳の中を刺してしまった。

すぐに病院へいったが、翌日は耳の周りが腫れあがり、休み時間も外では遊べず、教室の自分の椅子に座ったまま、開け放された窓から校庭を眺め、痛みをこらえていた。

その窓から突然、ボールが飛び込んできて、ずきずきうずく右耳に当たった。まるで狙い撃ちされたような偶然だった。反射的に両目から涙が滂沱と流れた。激痛が耳から全身へ走り、ぐわっと呻いた。

私たちが言葉を失い、呻くしかなくなるものは、不意を衝いてまっすぐ、鋭い号令をかけるように私たちに襲いかかる。親しいものを凶器に変えて。

朝霧

ヴォルガ川　ライン川
ナイル川　ミシシッピー川……
世界中の川や
海から
蒸発した水は雲になり
一つの空を流れていく

白い綿雲の点在する青空へ
突き刺さるように飛ぶミサイル

砲撃に逃げまどう人々の上にも
抜けるような青い空
ニュース映像は
戦争には全く関係を結ばない空と雲を
偶然捉えて見せる
その昔
　さよなら、太陽も海も信ずるに足りない※
と書いた詩人がいた

戦場の地に染み込んだ夥しい血も
空に昇り　他の雲と混ざり合い
いつしか慈雨となって降りしきる

早朝

雉鳩がしきりに鳴いている
地から湧いた朝霧に
雉鳩はしっとりと濡れているだろう
　でで一　ぼっぼ一
何かを思い出させるような
くぐもった声に
寝返りを打つと
私の中の水が揺れて
ゆるやかに巡り始めた

※鮎川信夫「死んだ男」より

鳥が鳴いている

カタカタカタ
早打ちのカスタネットのように
鳥が鳴いている
交差点まで来ると
縁石に小さな人が白いバッグを膝に
うつむいて座っている
通り過ぎるとき
初夏なのに冷たい風が
私をグイっと押した

三、四メートル歩いて振り返ったら
彼女はもうどこにもいなかった

私たちはみな異界の人
出会った人たちに無言の挨拶を残し
交わしたたくさんの言葉を体に詰めて
鳥が鳴くと
ひとりずつ帰っていく

カタカタカタカタ
好きな人が　いなくなる

日傘

光が花びらになって
日傘へしきりに舞い降りてくる
花びらに乗って
あの人この人の声もすべり下りてきて
傘の上で弾んでいる
久美ちゃん
郁代さん
啓子さん‥
（みんな元気そうね）

ひとしきり遊んだ声が
いつの間にか引いていき
柄を持つ手に風がそよいだ

「みっちゃん　げんきですか」
遠い空から確かに呼ばれ
思わず空を見上げた
知らないはずなのに
懐かしい声
言葉を覚えて間もない私を置いて
消えてしまった父なのだろう

空に
日傘をちょっと回してあげた

あとがき

　この世は〝あると思えばある〟〝ないと思えばない〟ことに溢れているように思います。

〝あると思えばある〟ことを確信して書き出すときの、私が私でなくなるような高揚感。〝ないと思えばない〟ことを書くときの不安と懐疑を文字にして、さらに自分を迷路に追い詰める緊迫感。この高揚感と緊迫感の魅力が私を詩作から離れられなくしてきたように思います。

　もうここまでにしよう、と何度も思うことがありましたが、本詩集を上梓することで、その思いが消えていくのを感じています。いつでも春の光は私に降りそそいでくれていたのに、思いは遠回りばかりしていて、ようやくその優しさに気がついたのでした。

このたびも七月堂様にお世話になりました。丁寧に相談に乗っていただき、素敵な装いで旅立たせて下さいました。心から感謝申し上げます。

二〇二四年四月

田中美千代

※本書に収めた二十五篇は詩誌、文芸団体のアンソロジー・会報等に掲載したものに、未発表二篇を加えたものです。（改題・加筆したものがあります。）

田中美千代

1949年　愛知県名古屋市生まれ

詩集

『少年』（1989年 地球社）

『風の外から押されて』（2006年 七月堂）

エッセイ集

『体内時計』（1997年 火箭の会）

『空しさを超えるもの』（2013年 東方社）

朝日埼玉文化賞正賞（朝日新聞社）1986年
第18回埼玉文学賞正賞（埼玉新聞社）1987年
第21回埼玉文芸賞準賞（埼玉県教育委員会）1990年
第22回国民文化祭徳島市長賞 2007年
日本現代詩人会・埼玉詩人会・埼玉文芸家集団 各会員

現住所　〒340-0002　埼玉県草加市青柳8-18-21

赤い潮《うしお》
2024年9月26日　発行

著　者　田中美千代

発行者　後藤　聖子
発行所　七　月　堂
〒154-0021　東京都世田谷区豪徳寺1-2-7
電話　03-6804-4788
ＦＡＸ　03-6804-4787
印刷・製本　渋谷文泉閣

Printed in Japan
ISBN 978-4-87944-575-9 C0092
乱丁本・落丁本はお取替えいたします。